A Instrumentalina

A Instrumentalina
Lídia Jorge

Ilustrações de Anna Cunha

PeirópoliS

Prefácio à edição brasileira
Por Solange Cardoso

Há livros que parecem ter sido criados a fim de fisgar o leitor pelas sensações. Quando estamos diante de um título desses, nos deparamos com a combinação de alguns elementos: linguagem de fácil compreensão, mas bem trabalhada, e história cativante e sedutora, narrada de maneira que nos faz embarcar numa viagem por uma leitura prazerosa e emocionante.

Lídia Jorge, uma das mais importantes escritoras de língua portuguesa, leva isso tudo ao pé da letra. Com graça e leveza, reuniu esses elementos no conto A Instrumentalina, que você vai conhecer agora.

Nele, a autora conta a história de uma mulher adulta que recorda e evoca memórias de sua infância, passada com os primos, as tias e o tio Fernando na casa de campo do avô, no sul de Portugal.

Tudo é contado retrospectivamente. A narradora é uma adulta que, sentada à mesa de um bar à beira do lago Ontário, em Toronto, espera pelo tio e relembra acontecimentos marcantes de outras épocas, como a presença da misteriosa Instrumentalina.

> "Quem diria? Escondida no saco das reservas proibidas, havia anos e anos que não a soltava do seu local de abrigo, ainda que por vezes o seu selim, a sua roda pedaleira, ou a imagem caprina do seu retorcido guiador me aparecessem como coisas desgarradas."

Essas recordações rememoram também os tempos em que a narradora viveu na casa do avô. O relato faz uso da analepse, recurso literário por vezes chamado de flashback e mais conhecido por seu uso no cinema. A volta ao passado, uma ligação intrínseca entre espaço e tempo da narrativa, é aqui elemento essencial e vertigem de leitura. Toronto é o lugar da atualidade, a partir do qual as lembranças da narradora são magicamente evocadas. Já as terras da campina representam o passado, um espaço rural onde foi erguida a casa do avô e onde se passa a história central do conto.

Numa grande casa, a narradora e os primos viveram com as mães (que foram abandonadas pelos maridos) e com o avô inválido, um homem austero e conservador, preocupado somente com os negócios e com o patrimônio familiar.

Flagramos essas mulheres em obediência total à ordem vigente naquele momento, de acordo com o regime opressor imposto pelo patriarca. Cozinhavam, cosiam, liam, escreviam cartas aos maridos ausentes, cantavam e dançavam ao som da grafonola e, à noite, choravam a solidão e o abandono em que viviam. Ao contrário e em contraponto à triste situação delas, as crianças corriam livremente e viviam "como uma matilha indomável, sem dono".

Está posta a situação inicial do tempo passado, aparentemente imutável, até que, atendendo a um pedido do avô, chega para morar na casa o tio Fernando. Muda-se levando consigo uma série de objetos inusitados para aquele contexto: sua máquina de escrever, sua câmara fotográfica e a misteriosa Instrumentalina.

Com a chegada do tio, as crianças – e principalmente a narradora – vivem um período de felicidade, aventura e sonho.

Isso porque, ao contrário do que esperava o pai, Fernando havia optado por um estilo de vida alternativo, na companhia de seus objetos de paixão, os quais movem a narrativa e mexem com o coração do leitor.

Ainda que a Instrumentalina não seja personagem principal do conto, podemos dizer que é a presença dela que dá sentido à história. No que ela simboliza reside o ponto fulcral do conto: o patriarca, ao pressionar o filho a ficar em casa e assumir as responsabilidades da família, se choca com o espírito aventureiro e sonhador de Fernando, criando, assim, uma tensão que confere certa dinâmica à ação. Essa dinâmica nos envolve e nos motiva a ler sem parar.

Chamada de "transporte de delícia", a Instrumentalina impulsiona todas as transformações da família, uma vez que é objeto condutor de sonho e símbolo de liberdade e prazer. Nos duros anos de ditadura vividos pela sociedade portuguesa na primeira metade do século XX – pano de fundo que emoldura a narrativa –, essa família experimentou algo único e inusitado.

Há ainda muito para dizer sobre este livro, mas qualquer coisa além dessas palavras adiaria a leitura e estragaria a deliciosa surpresa que é a descoberta da história. Então, boa viagem!

Solange Cardoso é Mestre em Letras pela Faculdade de Letras da Universidade de São Paulo (FFLCH-USP) e membro do Grupo de Investigação do Centro de Literaturas e Culturas Lusófonas e Europeias da Faculdade de Letras da Universidade de Lisboa (CLEPUL)

Um conto breve faz um sonho longo.

Nunca se sabe o que uma viagem pode trazer ao íntimo do coração. Como se o tempo de repente dum outro modo fluísse, ou mesmo a qualidade da sua hora mudasse, e uma coisa perdida aparecesse, uma dúvida se quebra, um amor acaba, e outro que nunca se tinha imaginado, de repente, nasce. Objetos que sempre tivemos por separados atam as pontas, imagens que boiam nas nossas vidas sem ligação juntam-se e criam uma nova sequência com sentido. Outras vezes a clarividência da distância torna-se tão luminosa que se vê o fim do fim, e deseja-se regressar, ainda que não seja a lugar nenhum. Foi por altura duma deslocação que por acaso se havia transformado em viagem. Então, subitamente, aquela cidade estendida e empinada à beira do Lago Ontário, para onde o destino de ocasião me havia levado, ainda tinha palhetas de gelo, e trouxe-me de volta, provinda de muito longe, a Instrumentalina.

Quem diria? Escondida no saco das reservas proibidas, havia anos e anos que não a soltava do seu local de abrigo, ainda que por vezes o seu selim, a sua roda pedaleira, ou a imagem caprina do seu retorcido guiador me aparecessem como coisas desgarradas. Era inevitável. Quem uma vez percorreu os caminhos do paraíso, sentado num transporte de delícia, jamais pode esquecer a imagem do objeto condutor. Mas pode não querer avistá-lo no seu todo. Pode não desejar sofrer pelo que está perdido ou *é* o simulacro duma imagem que foi mas o tempo já fez vã. Ora, a Instrumentalina se me tinha levado até ao campo das margaridas, no dia em que meu tio Fernando me havia chamado Greta Garbo, ela mesma me tinha traído e amarrotado, e criado o meu primeiro desgosto. No entanto, passados tantos anos, reunida, como se pudesse ter-se mantido unificada pelo tempo, visitava-me rodando sobre o gelo como antigamente acontecia nos campos de calor e de poeira.

O bar do Royal York Hotel, alimentado às sextas-feiras por bêbados distintos caindo sobre as mesas muito antes da meia-noite, revestido de papel escuro como musgo, lembrava o fundo dum tanque vazado e aquecido, mas não era suficientemente opaco para não deixar que a Instrumentalina deslizasse sobre a estrada dum outro território. Tinha-me sentado a uma das suas mesas. A porta de vidro permitia que dali, de onde me encontrava, pudesse ver quem saía e quem entrava, sobretudo quem deixava o chapéu e a gabardina no bengaleiro. A bicicleta longínqua aparecia de perfil, mostrava o brilho dos seus raios girando ao sol, e uma outra luminosidade da Terra aparecia. Havia sido quando? O meu tio tinha-me feito adeus, e depois o comboio antigo, como um canhão de Austerlitz, atroara na madrugada e levara-o cada vez mais de perfil, de braço levantado, para trás das árvores, por entre as quais a fila de carruagens se sumia.

Meu Deus! Essa tinha sido uma manhã estranha. Nunca havia falado nela a ninguém, não porque a desejasse morta, mas porque ela me levava para uma região difícil de explicar. Tanto o meu tio como a Instrumentalina e eu tínhamo-nos encontrado na margem dum outro tempo, embora naquele instante, em frente da porta do bar do Royal York, de repente, a nossa atualidade, como um rápido, se unificasse com o rodar do Mundo. Lembrava-me – indiferente então à mudança que corria nos países e nas terras, e à abertura das estradas que haveriam de mudar a cor das vidas, a grafonola da nossa casa constituía o invento mais recente. Três fogões a petróleo enchendo a sopa de veneno eram a grande conquista das mulheres, e na nossa cozinha, elas curvavam-se para eles, asfixiadas por cintos que as apertavam como cilhas. Suas ancas debruçadas conferiam-lhes a forma das aranhas. Eram quatro férteis mulheres sozinhas, entre as quais a minha mãe, e trabalhavam desde o romper do Sol com a força das formigas. Sentado à porta, no cadeirão, imóvel, debaixo da parreira, ficava o meu avô. E correndo como uma matilha indomável, sem dono, sem obstáculos, existíamos nós, as crianças, irmãs e primas entre si. Ninguém mais. Mas ao cair da tarde, voando, chegava finalmente o nosso tio com a Instrumentalina.

Víamo-lo longe, com seu boné de riscas, seu suspensório traçado, as calças apanhadas ao lado por presilhas, e os nossos gritos de alegria partiam a tarde em duas metades substanciais como as de um fruto – antes e depois da chegada do nosso querido tio. Completamente plana, essa nesga de campina ao sul do meu país, onde a casa do nosso avô se erguia, transformava-se então num local de festa ruidosa. Pensando nessas tardes, não me lembro de qualquer dor nem de qualquer constrangimento. Tudo o que vem ter comigo é manso e calmo como uma carícia de criança ou um beijo de seus lábios pequeninos. No entanto, eu sabia que, na realidade, sem que ninguém recentemente tivesse falecido, assomava entre nós uma tragédia

obscura. Ou, mais precisamente, um drama vago, feito da suspeita de que um desequilíbrio irreversível, tendo encontrado a porta da nossa casa entreaberta, havia entrado.

Não que as raparigas que eram por essa altura a minha mãe e as minhas tias não cantassem. Elas cantavam. Ouviam a grafonola e retiravam as letras que elas mesmas recompunham, e a respiração dos seus suspiros em conjunto constituía música muito mais atraente do que o rouco som que a manivela dava. Aliás, formando dois pares, agarradas pelos ombros umas às outras, elas dançavam. Era doce vê-las e imitá-las dançando daquele modo, com pequenos pulos, ao cair das tardes. Outras vezes, debruçadas sobre os panos, cosiam e passajavam, como se as horas tivessem sido criadas para se aniquilarem sob os seus dedos. Vendo-as à distância, e sabendo o que se passava então na Terra, percebo como elas eram seres parados, objetos encantados pelo tempo. A parte feminina naquela casa estava intacta, com seus chilreios, seus amuos circulares, suas guerras de cozinha, seus filhos, suas roupas interiores escondidas no fundo das gavetas que não trocavam nunca. À noite choravam junto das janelas. Não tinham tido guerra, mas era num estado semelhante ao das abandonadas pela força dum conflito dessa grandeza que viviam. Liam cartas. Guardavam cartas, escreviam cartas com as suas canetas primitivas. Os seus maridos, todos eles, tinham partido.

Todos, sim, mas não ao mesmo tempo. Primeiro havia abalado um, depois outro e por fim os últimos dois, espalhando-se pelos vários cantos da Terra como se fossem inimigos, que não eram. Eles mesmos tinham vindo trazer para casa comum do pai as jovens mulheres que deixavam, com suas arcas, crianças e fogões. Como nós três – éramos dois irmãos – havíamos sido os últimos a chegar, tínhamos ocupado o quarto de abóbada, o que dava para trás, o mais sombrio. Mas havia quem dormisse nos corredores e sítios desvãos duma casa grande demais para se viver. E nesse ambiente de meninos e mulheres, exercendo o seu magistério de homem diretor, inválido, sentado na sua cadeira de imóvel, desesperava o meu avô. A menos que mandasse chamar o filho mais novo, aquele que depois, para sua arrelia, haveria de riscar a poeira das estradas, a correr, a correr na Instrumentalina.

Chamou-o num domingo pela manhã. Nesse dia, encontrava-se sentado na poltrona e todos nós pudemos ouvir o que dizia – "Repara bem. Chegou a hora de mudares de vida. Olhas à tua volta e o que vês? Crianças e mulheres. Ora, se todos me abandonarem, menos tu, então a minha velhice pertence-te e esta casa é tua..." – O meu tio, fotógrafo amador e corredor de bicicletas, tinha ficado a olhar, estarrecido.

"Eu, Pai, mas por que eu?"

"Porque Deus quis que fosses tu o amparo do Pai, da sua saúde e dos seus haveres, bem como destas crianças e destas mulheres que os outros aqui deixaram..." E tinha olhado para o lado. "Ah! Se não ficares eu mato-me! Queres entregar-nos a todos na mão dos jornaleiros?" – E nesse tom havia continuado até ao cair da noite, e mesmo depois de ela chegar.

"Mas por que eu, meu Pai? Por quê?"

Então, para nossa alegria, o nosso tio deixou a sua vida e veio viver naquela enorme casa. Veio. Mas não era a pessoa que nosso avô tinha querido que viesse. Como se nunca se sentasse, o tio Fernando ouvia distraído, montado na bicicleta, e brincando com os pedais, nem tomava por escrito qualquer nota sobre haveres. Os carros de animais partiam carregados de objetos e de homens, e ele, como se nada lhe pertencesse, saía antes ou depois, com o boné virado para trás, sentado na bicicleta corredora, estrada fora. Pior do que isso. Quando partiam para locais onde não era possível chegar desse modo, recusava-se a sair, sob o pretexto de que descalibrava as rodas nas irregularidades do caminho. Os gritos do nosso avô imóvel ouviam-se à distância, e por eles se percebia como odiava o velocípede. Também odiava a Kodak, com o seu fole, e a máquina de escrever onde o nosso tio de olhos fechados fazia questão de compor o nosso nome. Mas o seu ódio, o seu fundo rancor, ele reservava-o intacto para a bicicleta marca Deka, insultando-a em grandes gritos de "Instrumentalina". A princípio tinha-lhe chamado *figa*, e depois *trambolho e oito do Inferno*, para em seguida se fixar naquele nome estranho, parente degenerado de utensílio pelo qual nutria um despeito de ácido.

"Retirem-me da vista esse maldito instrumento! Levem-me da vista a Instrumentaliiina!"

Mas se os seus brados eram desumanos, o tio parecia não ouvi-los, e a nossa vida atrás dele, querendo ser cada um de nós a amparar a Instrumentalina até ao canto do quarto onde o objeto corredor passava a noite, era boa e farta de loucura.

Que culpa tínhamos nós que o avô tivesse ficado sem andar, ou que os seus filhos tivessem ido embora, indiferentes à sua sorte, como ele apregoava, se de fato o feliz acaso nos havia reservado um tio, e esse tio amava acima de tudo a sua bicicleta de corrida? Por ironia, a designação que nosso avô lhe havia atribuído com chancela de ódio soava-nos a um nome de família e gastávamo-lo de tanto repeti-lo.

"Tio! Esta noite posso ser eu a segurar na Instrumentalina?"

"Tio! O tio! Olhe que a Instrumentalina está caída!"

Como poderia deixar de ser assim? As mães continuavam a escrever cartas cada vez com mais palavras, e parecendo surdas aos nossos gritos, laboravam coisas miúdas sobre panos, como se seus olhos existissem para descobrir entre os fios prazeres invisíveis, e seus seios fossem pesos que as prendessem às cadeiras *de* coxim. Engordavam. Quando desesperavam, corriam atrás de nós, cada vez mais lerdas. O avô falava mas não se erguia do assento nem para alcançar um púcaro de água. A sua imobilidade possuía alguma coisa de fatal que enchia a casa, conferindo-lhe uma sombra de prisão. Mas o nosso tio era diferente, pois podia fugir de tudo e todos, correndo pelas estradas, e por vezes, levando-nos consigo. Por isso éramos livres. Cada um de nós tinha seu pau com seu arame em forma de chifre de gazela sobre o qual nos curvávamos e corríamos, embora nos dispersássemos pelas bermas, em andamentos diferentes. Havia primos que o seguiam até ficarem com a boca ressequida, e os que desesperavam, mal começavam a correr. Outros punham os olhos no chão e avançavam, desejando apenas assemelhar-se ao tio no exercício, e por sinal, muitas vezes, a sua volta era demorada, esquecendo-se de nós. De qualquer modo, quando o víamos regressar de novo, atrás das árvores, a luz renascia na tarde da campina. Amávamo-lo, disputávamo-lo, fazendo parte dele, como seu segundo corpo, a Instrumentalina.

Lembrava-me sobretudo do sentimento dos primos, no momento do regresso. Havia os que punham de lado o pau que lhes servia de transporte, assim que o tio se aproximava com as costas encurvadas como um arco, disputando segurar no guiador, e para todos era uma vitória colocar a mão na grelha ou apenas seguir de perto, durante meio minuto, o rasto que a bicicleta deitava na poeira. Ou não bastava, e por isso torna-vam-se ruidosos. Como um enxame, enchiam a campina com as suas vozes igualmente finas, ainda longe de se diferenciarem pelo sexo, imitando involuntariamente um conjunto de tarân-tulas, fiéis, acima de tudo, ao seu amor. Havia alguma coisa de fanático naquele sobressalto coletivo de exaltação pelo nosso tio Fernando, correndo na Instrumentalina. As cenas da esco-lha do que seria contemplado com uma volta, sentado na grelha que naquele tempo as bicicletas de corrida ainda consentiam, roçava o furor religioso. Batiam-se entre si, choravam, e era necessário recorrer a sortes ou fixar a vez, para que a desordem que se estabelecia no meio da estrada, não se tornasse numa cena de amor e violência. Na disputa, agarrando-se pelos cabe-los, as primas eram mais ferozes do que os primos, exibindo o seu furor feminino, entremeado de risos e lágrimas passageiras. No entanto, nem todos podiam de igual modo digladiar-se.

Eu tinha sido a última a chegar à casa da campina, e os meus direitos sobre o tio, num espaço tão renhido de disputa, encontravam-se reduzidos de vários modos. Injustos modos. Era verdade que eu não corria tanto como outros, mas se acaso corria, o efeito de correr, logo dessa vez, não era critério que prestasse. Inexplicavelmente, também o meu nome desaparecia das sortes que eram feitas com sementes e papéis, e fosse como fosse, por mérito ou acaso, raramente conseguia atingir o nosso tio. Se era por fila, ficava no fim dela, olhando a felicidade que era dada aos outros, sabendo antecipadamente que o tio Fernando haveria de se cansar antes de chegar a minha vez, e a certeza dessa desgraça impedia-me de falar. Abalava então do cenário das disputas, antes que todos os outros se cansassem, e durante um minuto, a vida afigurava-se-me triste como o breu. Porém, devagar, no interior da esperança, eu ia inventando uma outra forma de me aproximar da Instrumentalina.

Era uma forma limitada. Esperava que o tio se sentasse à porta, debaixo das parreiras, e sendo por sistema relegada para a periferia do grupo, podia ir buscar, antes de todos os outros, os objetos de que necessitava, mal se manifestasse. A faca, o lenço, o arame com que desentupia a bomba de ar. Ou mesmo quando não se manifestava. Sem dizer nada, como se fosse muda, procurava-lhe o pulôver antes que tivesse frio, arrumava-lhe as ferramentas antes que pedisse, e tendo percebido que apreciava lavar os pés antes do jantar, trazia-lhe a bacia com a toalha e o sabão. Como nessa altura já os outros tinham desaparecido para qualquer sítio, então eu esperava que ele terminasse a sua limpeza de crepúsculo, tomava-lhe a bacia, deitava fora a água, e estendia a toalha no arame. O estendal ficava nas traseiras da casa, àquela hora era já completamente escuro, e o meu coração batia com a força dum martelo dentro do peito. Contudo, superando o medo, corria na direção da luz, e vinha colocar-me perto da porta do compartimento onde o tio estivesse. Mas não entrava, só espreitava, esperando uma nova ocasião de ser prestável, sem ser vista. Aliás, não era preciso esconder-me, pois a certa altura eu tinha sido tomada da certeza de que o tio Fernando, mesmo que se esforçasse e me quisesse recompensar com uma palavra que fosse, não poderia fazê-lo, porque não me via. A minha dúvida consistia apenas em saber se lhe era opaca como a porta ou transparente como o ar. Pensava eu, depois de meus invisíveis gestos serviçais. Um dia, porém, haveria de chegar a minha vez.

Foi duma forma inesperada, quase sem sentido. O fim de um Março seco havia trazido uma Primavera estranha, cheia de sol antes do tempo, e num domingo perto do calmoso, o tio tinha feito sair bastante cedo a Instrumentalina. Lavara-a, limpara-a, e como para os passeios grandes, havia amarrado à grelha uma pequena almofada de cadeira. Depois havia olhado para o céu onde apenas umas nuvens ligeiras iam passando, como se fosse Verão. E então, tomando o seu boné e a sua Kodak especial, escolheu um de entre os seus sobrinhos, e entre eles, para surpresa de todos, o escolhido era eu.

"Essa agora!" – tinha dito o tio. "Pois porque não há-de ir ela, se nunca foi?"

Era difícil acreditar no que os meus olhos viam. A rua começava a afastar-se, e o portão onde os primos permaneciam imóveis ia ficando definitivamente para trás. Os campos planos passavam dum lado e de outro, devagar, desprendendo-se cada vez mais das redondezas da casa da campina, e seu verde serôdio, perto do queimado, perdia-se de vista. Com as mãos agarradas à cintura dele, tombando para a direita e para a esquerda como sobre um cavalinho que voasse, corríamos e corríamos sem parar. Correndo, sentia as pernas do meu tio girarem, e a sua camisa encher-se de ar, à medida que corríamos. E a terra a mover-se e a passar. Mas até onde correríamos nós? Acaso poderíamos correr indefinidamente assim? Se não, por que não? De repente, a terra plana ganhava um declive, uma mancha de verdura era mais intensa, e aí o nosso tio, apeando-se, encostou na berma da estrada a Instrumentalina.

"Vem cá!" – disse ele.

O cômoro que se elevava depois da depressão não era só verde, não. A seguir a umas ervas densas, a cor da relva dava lugar ao branco, e o branco ao amarelo, pois encontrávamo-nos num extenso campo de surpreendentes margaridas. O meu tio retirou a máquina fotográfica do seu estojo, fez experiências contra o sol, fechou os olhos, tapou os olhos com a pala do boné, andou às arrecuas, para os lados, correu, ajoelhou, e depois, finalmente, mandou-me que o olhasse.

"Mas antes colhe um ramo de margaridas!"

Colhi-as, fiz um ramo, olhei para ele contra o sol, de lado, sentada no meio das flores, de perto, de mais longe, com e sem chapéu, e quando cheia de soberba por me sentir rainha, olhei de três quartos, com a boca unida, cheia de silêncio, o meu tio gritou.

"Isso, isso, não te mexas, Greta Garbo!" – E depois, o meu tio, que só tinha doze chapas, disparou as seis que lhe restavam. Em seguida, deitou-se sobre a relva e falou demoradamente duma mulher divina cujo olhar tirava o sono de quem a visse. Um dia, também eu haveria de vê-la e aprender com ela a fixar o olhar numa coisa distante que não havia. Um dia, um dia... Até que se fez tarde no campo das flores. Partimos.

Ah! Instrumentalina corredora! Regressar só seria bom se tivesse sido na direção dum local donde nunca se visse a porta de chegada. Mas de que modo dizer isso ao tio Fernando, se ele me levava de volta exatamente para a sombra das parreiras, como se fosse um destino inevitável? Levava-me para onde de novo seria dividido aos pedaços pela sofreguidão dos oito primos. Lá estavam eles aos saltos, esperando-nos, e ainda antes de chegarmos já me afastavam do selim. Afastavam-me, sim, mas não conseguiriam afastar aquela tarde. Aliás, as fotografias colhidas no campo das margaridas haveriam de me aproximar do tio duma forma singular, já que, depois de reveladas, elas passaram de mão em mão como prova do local onde ambos tínhamos estado, e gostando delas, tinha acabado por colocá-las no seu arquivo pessoal. Mais ainda. Como se o destino quisesse agora recompensar-me do tempo em que havia sofrido duma discriminação injusta, o tio Fernando haveria de vir ocupar o quarto contíguo ao da abóbada. Era

então possível, à noite, ouvi-lo bater nas teclas da sua máquina e assistir pela manhã ao rodado da corrente da Instrumentalina. Por vezes, deixava-se dormir até tarde, ao contrário do meu sono que desde o campo das margaridas, pela manhã, se tinha tornado leve como a sombra. Saberia o meu tio dessa mudança? Certa vez, entregou-me o seu relógio e pediu-me que o acordasse a determinada hora. Pude então ver que dormia de bruços, e as suas costas nuas saídas do cobertor, musculadas como um escudo, resplandeciam na penumbra do quarto repleto de instrumentos. Era uma honra semelhante a possuir uma coroa de princesa, poder debruçar-se uma sobrinha sobre a orelha de seu tio e acordá-lo, chamando-o de tão perto – Acorde, tio! Querido tio! Mas nesse dia, mais precisamente, na tarde desse dia, como se uma curva ascendente tivesse atingido o seu limite, o avô bradou por mim de forma desusada, e depois de pousar o púcaro, segurou-me pelas costas.

"Gostas muito do teu tio, não gostas, pequena?" – perguntou-me.

Sim, eu gostava do tio, e também das suas máquinas, a de escrever e a de fotografar, mas sobretudo da Instrumentalina. Confessava-me ao avô por amor do tio.

"E sabes que se quer ir embora?"

Não, que se queria ir embora, isso eu não sabia.

"Pois quer..." – disse o avô, cheio de pesar, apertando-me as duas mãos. "Quer e não vai ser fácil retê-lo, a menos que alguém me dê uma ajuda para valer!"

O avô tinha retirado do interior do seu colete uma pataca de veludo e de dentro dela fizera sair uma pequena moeda cor de ouro, colocando-ma na mão – "É tua, se me quiseres ajudar, fazendo desaparecer a Instrumentalina! Porque devemos impedir que ele se vá, fazendo-a desaparecer. Tu poderias encarregar-te disso. Fazias assim. Quando ele estivesse a dormir aqueles sonos que não têm fim, tu pegavas nela com toda a tua força, e devagarinho, devagarinho, levava-la até à nora. Em aí chegando, procuravas o lado do gargalo que está desmoronado e por lá, com muito cuidado para que ninguém te visse, empurravas a Instrumentalina. Dentro da água da nora, desaparecia para sempre. Se estiveres de acordo, a tua recompensa está aqui!"

A moeda de fato era brilhante, redonda, feita da matéria dos anéis e chamava-se meia libra, mas eu não me sentia inclinada para aquele negócio estranho. Fazer desaparecer a bicicleta do tio parecia-me uma monstruosidade semelhante a fazer adoecer ou matar o próprio tio. E por isso, quando finalmente a conversa envenenada do avô terminou, e se tornou possível confirmar que o tio passava naturalmente pelos corredores, e que a Instrumentalina ainda existia intacta, pronta para a corrida desse mesmo fim de tarde, uma alegria sem limites me invadiu, como se eu mesma agora fosse responsável pela felicidade que se vivia e tocava a todos igualmente. *Não quero uma moeda de ouro, não quero uma moeda de ouro!* – cantei atrás das parreiras para que o avô ouvisse, mas estava prometido que não passaria dessa breve cantoria, pois se me tinha falado a mim e não a outro, era por eu gostar de cumprir os meus segredos.

"Tio! Já posso trazer para fora a Instrumentalina?"

Mas a cabeça do avô agora possuía um outro brilho. Uma das noras barbeava-o amiudadamente, e depois da sesta, mudava de chapéu como se esperasse alguém. Olhava para longe, espreitava os rumores da estrada e mandava abrir o portão de par em par, mesmo quando ninguém ia sair. Num sábado de tarde, porém, o enigma viria a esclarecer-se com a chegada de duas mulheres irmãs, ruflando no banco de trás dum Citroën cor de cinza. Uma delas trazia um anel no dedo com uma pedra preciosa do tamanho dum bago de romã. A outra, não. Mas ambas usavam as bocas cor de lacre. Os seus vestidos brancos, tufados, tinham pedaços de organdi e as suas saias atravancavam a casa da entrada onde os chuvões floriam. Quando se sentaram nas cadeiras muito altas da saleta, as suas permanentes tinham o volume de repolhos, delas se desprendia ainda um forte cheiro a óleos queimados, e nas suas testas ainda se viam os sinais dos bigodis. Todos aqueles cabelos brilhavam como se tivessem sido lavados com azeite. A que não tinha anel e fechava um dos olhos como se entre as pestanas quisesse pescar um peixe que se não via, era por certo mais velha do que a outra e para ela convergiam as atenções de todos. Mas o sentido da sua visita só ficou completo quando mandaram chamar o tio Fernando.

O homem que tinha chegado a conduzir o Citroën, ao lado de sua mulher, também ela imitando as duas filhas, olhou para o delgado corpo do meu tio e nem mais dele tirou a vista. A sua fala roçava, ia e vinha, prometia, criava em torno do vinho que lhe era oferecido uma solidariedade mais profunda que família, e no centro das conversas onde havia grandes risos, corada, encontrava-se a mulher sem anel a quem chamavam já de minha futura tia. Quando voltaram pela segunda vez, as permanentes delas tinham murchado, bem como as saias dos vestidos, mas não a sua poderosa determinação e alegria. As nossas mães abriram a grafonola, e em vez de dois, três pares de mulheres dançaram e cantaram debaixo do parreiral. Os primos comiam bolos nunca vistos. Era verdadeiro então o pressentimento que me dominava de que aquelas pessoas tinham vindo substituir o plano do desaparecimento da Instrumentalina. Contudo, era tão outro o plano e tão vasto, com tanta gente à mistura, incluindo um automóvel de permeio, que a imaginação não dava conta do que teria sucedido. E assim sendo, o tio Fernando ia casar.

Mas em que consistiria casar o tio Fernando com uma mulher? Levá-la-ia a ela, à rapariga ainda sem anel, na Instrumentalina? Sentá-la-ia num campo de margaridas para a fotografar? Pedir-lhe-ia que o acordasse tocando-lhe nas costas que brilhavam? Teria ela o direito de entrar no quarto onde ele dormisse sem bater à porta? A aproximação daquelas duas pessoas tão afastadas, que nunca tínhamos visto a sós, parecia ter vindo derrotar alguma coisa de mais fundo do que uma simples convivência. Contudo, certa vez, a cara do homem que conduzia o Citroën cor de cinza vinha diferente.

As raparigas, também. Tinham-se sentado direitas, com as permanentes escorridas, as bocas pintadas unidas, como se não pudessem proferir uma palavra, e o condutor do automóvel foi direto ao assunto, pois dispunha de várias queixas. Era pegar ou largar. Uma rapariga abastada com um nome a defender não podia desperdiçar a sua virtude, vindo visitar um noivo que passava as tardes em cima duma bicicleta de corrida. O dever era precisamente ao contrário. Ele, e não ela, deveria fazer aquele caminho até ao casamento. Mas compreendendo todos a delicadeza da situação, haviam dado passos, haviam-se humilhado. Porém, o período de condescendência tinha chegado ao fim. Ali estavam finalmente para ouvir da boca do Fernando o que queria, se queria e quando queria. A sua filha mais velha era uma herdeira, não era um trapo. E se de fato haviam combinado para ele a doação dum triplo dote, existiam limites para a dignidade e a paciência. O tio, porém, nessa tarde, a braços com um arranjo na Instrumentalina, apareceu de mãos cheias de sebo como os mecânicos, completamente estranho ao estratagema.

"Meu Deus, mas por que eu, Pai? Por quê?" – perguntava ele, diante das jovens estarrecidas.

Então elas levantaram os farfalhudos assentos das cadeiras, e com seus narizes abertos de indiferença, ocuparam os lugares no carro que partia, levando atrás de si a esperança do avô. De fato, descomandada, a casa ruía como um baralho que se dispersasse, diminuindo as vendas, aumentando as compras, morrendo animais de tiro que não havia para substituir com a mesma qualidade. Os seirões do trigo tinham-se enchido de gorgulho, e nas redondezas as moagens fechavam como se estivessem combinadas. Os jornaleiros já não trabalhavam sol a sol, e por isso o rendimento era escasso, além de que a maior parte deles também estava sucumbindo às miragens da partida. Entretanto, as nossas mães suspiravam por seus maridos, sentindo que uma ruína muito mais vasta do que a familiar vinha a caminho como uma maré inevitável, e a sua infelicidade fazia-as esquecerem-se dos pães dentro do forno. Para o seu sogro comum, porém, só havia um ser culpado da vasta ruína humana que chegava – seu filho Fernando, o indiferente a terras e mulheres, o prisioneiro da Instrumentalina. Mas bem se ralava ele pelas culpas que lhe atribuíam. Nunca como depois do desaparecimento daquelas duas raparigas, levadas pelo carro, o tio se entregara com tanta sutileza à sua bicicleta de corrida.

Agora media o tempo de metas com cronômetro e batia recordes a si mesmo como se dividisse em vários corredores. E não contente com a velocidade, fazia piruetas, cavalinhos, andava de um só lado como em patim, criava pinos e simulava quedas das quais saía ileso como nos circos os acrobatas. Vendo-o em tão boa forma, o nosso delírio não tinha piedade por ninguém nem tinha fim. Mas um dia de manhã de sol brilhante, a casa ergueu-se num alvoroço, pois a Instrumentalina havia simplesmente desaparecido. Meu Deus, onde estava a Instrumentalina? O tio havia-se deitado no divã do corredor, de olhos abertos, sem pestanejar, e todos os primos estavam em volta para o assistir, embora eu pessoalmente suspeitasse que entre eles havia um que possuía no bolso uma moeda de ouro. Contudo, estava longe de ser fácil decidir. Não era verdade que o avô me tinha dito que o desaparecimento da bicicleta poderia prendê-lo a casa? E como? Na minha ideia, a Instrumentalina em vez de o afastar ligava-o a nós como nenhum outro objeto. O raciocínio do avô parecia-me não ter lógica e, no fundo da minha agitação, tudo se resumiria a uma vingança de pessoa ressentida. Pelo contrário, era preciso prendê-lo à estrada, devolvendo-lhe a Instrumentalina.

"Eu sei onde ela está!"

Lembrava-me, como se tivesse acontecido um dia antes. A princípio, o tio não tinha acreditado, mas depois eu insisti e todos nos dirigimos para a nora, sob o olhar indiferente do nosso avô. Não me enganara. O tio munira-se dum espelho, e rodando-o entre a mão e a incidência do sol, pôde descobrir de fato, no fundo da água verde, há muito estagnada, o brilho dos raios da Instrumentalina. Também me lembrava da sua pescaria. Tinha sido necessário colocar uma escada, deitar várias fateixas e chamar os jornaleiros admirados, até que, escorrendo limos e panos podres, a bicicleta foi içada como um náufrago. Partida, convertida num monte de sucata, a triste parecia um ser humano de pescoço torcido sobre as ervas. "Nem mais, nem mais..." – dizia ele. Mas o seu desgosto foi sobretudo intenso quando percebeu que as suas quatro cunhadas, dois dias antes, haviam recebido cada uma delas sua meia libra de ouro. Não, nunca mais esqueceria.

Como poderia esquecer? Os sons da casa tinham mudado completamente e agora, quando de noite se ouvia bater à máquina, sabia-se que ele escrevia alguma coisa de definitivo que nos parecia ser para longe. As cartas que ele mesmo ia deitar na mala do correio não podiam conter outra matéria que não fosse a de fugir. Conversávamos em voz baixa sobre o assunto, pois já todos tínhamos ouvido falar na força do destino. E de fato, desde que se perdera a Instrumentalina, havia quem viesse buscar o tio em transportes extravagantes, pois sendo cada vez mais rápidos, demoravam a regressar indefinidamente. Mas iria? Não iria?

"Como é que vai?" – tinha dito uma das tias, empinando os peitos onde se enterrava um broche para nada. "Nem sequer ainda fez vinte anos!"

Nessa altura, os figos amadureciam roxos como beringelas e eram grandes como punhos, bem como as uvas cujos cachos pendiam do parreiral, e essa ilusão de fartura provinda das traseiras havia melhorado o ambiente da casa prisioneira da campina. As cestas andavam pejadas de fruta saborosa. Como uma maré ou a ondulação do vento nas espigas dum cereal, a esperança ia e vinha, incapaz de se manter tranquila. O tio parecia deixar de reter o seu ressentimento sob a frescura do Verão a terminar, e havia mesmo acabado por falar com o avô, a mãe e as tias, pela noite fora, como antes. Palavras mais ou menos soltas, brincadeiras dele onde havia pequenas gargalhadas. Talvez tudo mudasse, talvez. Só que eu tinha-o acompanhado ao campo das margaridas, conhecia-o melhor, ou dispunha dum outro pressentimento deixado pela mágica das fotografias. Alguma coisa do tio não era o tio, naquele serão demasiado conciliador para ser verdade. Lembrava-me agora, anos depois. Como me lembrava, aguardando, em frente da porta do amornecido bar do hotel! De madrugada, eu tinha ouvido a porta fechar-se demasiadamente devagar para ser por bem. Saí do quarto da abóbada, sem sapatos. Coloquei-me diante do tio. Estávamos no corredor.

"Chiu!" – fez ele.

Mas era difícil o filho mais novo do avô desembaraçar-se de mim. Encontrava-me em camisa de dormir e descalça, e ele não queria deixar-me vestir, para não acordar ninguém, nem queria levar-me consigo para poder partir em paz. O tempo era o tempo, e alguém o esperava afastado da casa, num carro cor de grão.

"E agora? Que faço eu a isto?" – perguntava o meu tio, referindo-se a mim, quando ambos chegamos junto de um homem que eu nunca tinha visto.

"Põe-na aí atrás."

"E depois?"

"Depois, eu trago-a de volta."

Era de fato madrugada. O comboio apareceu com seu olho grande, fazendo estremecer a linha e a estação. O tio levava uma pequena mala e deu um abraço demorado ao seu amigo. Depois elevou-me nos seus braços de rapaz e apertou-me de encontro ao peito, durante um instante. Passou a mão pelos meus pés descalços. "Volto logo, miúda. Vou e volto. Logo, logo."

Mas seria mentira, absoluta mentira o que o meu tio dizia.

O antigo dono da Instrumentalina tinha subido os três degraus do comboio, havia entrado, e depois, acenando, acenando sempre, desaparecera no perfil da carruagem. Assim desaparecera. Durante anos, vários anos, havia quem dissesse que o tinha visto em Caracas, Buenos Aires, Sydney, o fim do Mundo. Outros falavam que se tinha casado perto de Nova Iorque e conduzia carros do tamanho de traineiras. Havia quem dissesse que vivia bem e quem espalhasse que vivia mal. Um outro jurava ter confraternizado com ele num restaurante giratório, o mais alto duma cidade, face a um lago imenso. O nosso tio fora-se transformando assim numa figura dispersa pela Terra como um espírito. E como um espírito que se não vê nem age, mesmo que exista, morre tal qual um deus que se não mostra. Ainda havia quem tentasse. Tinham chegado a trazer-nos fotografias que diziam ser suas, mas, confrontadas com o nosso reconhecimento, percebia-se que não eram, pois dele, escrita pelo punho dele, ou pela sua máquina de escrever, nem um sopro, nem um traço, nem uma linha.

Nem uma linha?

Corrijo. Passados trinta anos, o tio tinha deixado escritas duas linhas num cartão onde havia o timbre duma firma de motores. O rapaz da recepção do Royal York Hotel tinha-mo dado à hora do almoço com a chave e outros recados.

Era difícil compreender aquelas palavras escritas. Não que não estivessem desenhadas na mesma língua que havíamos usado na casa da campina, mas porque elas falavam dum afeto tão interrompido que eu havia tomado por amortalhado e, agora, ressuscitando numa cidade tão longe da terra da poeira, aquelas surpreendentes linhas não me pareciam ser verdade. Por isso, eu tinha vindo cedo sentar-me no bar, diante da porta transparente, ainda incrédula de que uma vida fosse suficiente para assistir a uma revolução inteira da Terra sobre si. Acaso o dono da Instrumentalina não teria sido um sonho destinado apenas a fazer crescer pessoas indefesas? Era a hora exata, marcada no final das duas linhas deixadas por ele no cacifo, e a sala estava cheia de gente loira como palha, derretendo, ao calor da lareira, a alegria contida pelo gelo. Uma coisa fria, como se o meu coração se dirigisse não para um homem mas para um lago, empurrava-me a vista na direção do bengaleiro. Preparava-me para um encontro singular como nunca havia imaginado ser possível. Ele ali estava. Devagar, um cavalheiro de meia-idade, atrás do vidro transparente, retirava o seu abafo, dobrava-o, entregava-o com as luvas, e abrindo a porta, como quem acaba de correr numa bicicleta, pousava o seu olhar mediterrânico na minha mesa.

"Cresceste, miúda, cresceste. Mas a tua cara é ainda a mesma..."

Conseguiu por fim o tio dizer, duma só vez.

Glossário

Olá, aqui você encontra palavras e expressões da língua portuguesa que têm uso diferente daquele a que estamos acostumados ou que são pouco usadas no Brasil, além de alguns dados culturais. A língua portuguesa é uma só, mas possui variações de sentido e significado em Portugal, no Brasil, em países da África e em Macau, na China. Este glossário tem o objetivo de facilitar a compreensão dos termos para um bom aproveitamento da leitura e, ao mesmo tempo, enriquecer o uso que fazemos da língua. Bom proveito!

A

A braços (expressão, p. 34): estar ou ver-se a braços com alguma coisa quer dizer estar em luta, fazer algo difícil (Caldas Aulete, edição de 1954).

Amuo (p. 17): enfado ou mau humor que se manifesta por silêncio obstinado ou gestos. No caso, os amuos femininos eram frequentes, circulares (iam e vinham).

Andar às arrecuas (expressão, p. 26): caminhar recuando, dando passos para trás.

Atroar (p. 14): fazer estremecer devido a estrondo.

B

Bengaleiro (pp. 14 e 41): móvel para pendurar chapéus, bengalas e guarda-chuvas.

Berma (pp. 21 e 26): acostamento.

Bigodis (p. 31) ou bigodins: pequenos tubos em volta dos quais se enrolam mechas de cabelo, fixadas com ajuda de um elástico. No procedimento de permanente capilar, cada mecha é umedecida com um líquido próprio para moldar os fios.

C

Cacifo (p. 41): gaveta, caixa ou, em estabelecimentos como escolas e edifícios, pequeno armário com chave para guardar cadernos e/ou deixar correspondência.

Calmoso (p. 25): adjetivo que designa tempo quente, abafadiço ou atmosfera sem vento nem viração (Caldas Aulete, edição de 1954).

Chilreio (p. 17): som dos pássaros ao cantar. O uso neste texto é figurativo, indicando o murmurar das mulheres da casa.

Comboio (pp. 14, 39 e 40): reunião de carros de transporte que caminham juntos e com o mesmo destino, movendo-se sobre trilhos.

Cômoro (p. 26): montículo, pequena elevação no solo.

E

Estendal (p. 25): varal.

F

Farfalhudo (p. 34): que farfalham, fazem barulho, como no caso das roupas em camadas.

Fateixa (p. 36): ferro como a âncora, mas menor, com três ou quatro ganchos voltados para cima, destinados a fundear barcos ou puxar alguma coisa em que se enganche. Deitar fateixas é o mesmo que jogar fateixas na água.

G
Gabardina (p. 14): capa impermeável feita com tecido gabardine (ou gabardina).
Grafonola (pp. 6, 15, 17 e 32): o mesmo que gramofone, vitrola ou toca-discos.
Grelha (pp. 22 e 25): no contexto da história se refere ao bagageiro da bicicleta.
Guiador (pp. 6, 13 e 22): guidão da bicicleta.

J
Jornaleiros (pp. 18, 35 e 36): funcionários que trabalhavam uma "jorna", medida agrícola que, em Portugal, compreendia o intervalo de labuta do raiar do dia ao pôr do sol.

N
Nora (pp. 30 e 36): máquina de tirar água dos poços e das cisternas, cujo principal elemento é uma grande roda de madeira pela qual passam cordas que permitem, por sistema de roldana, tirar água do fundo da terra. Por extensão, significa poço (Caldas Aulete, edição de 1954).

P
Pala (p. 26): aba do boné.
Passajar (p. 17): verbo utilizado em Portugal para designar passagem de roupas a ferro.
Pataca (p. 30): genericamente moeda de prata e, por extensão, pequena bolsa de moedas.
Permanente (pp. 31, 32 e 34): procedimento químico para enrolar cabelos lisos, muito usado até o final da década de 1970.
Púcaro (pp. 21 e 29): vaso com uma asa, metálico ou de barro, destinado a conter pequena porção de líquido.

R
Rapariga (pp. 17, 32, 34 e 35): em Portugal, senhorita, mulher jovem. No Brasil, pode ter sentido pejorativo (mulher que se dedica à prostituição).
Rasto (p. 22): rastro, marca.
Recorrer a sortes (p. 22): tirar par ou ímpar ou outro jogo de sorte – como sorteio em papéis escritos com o nome das pessoas – para, por exemplo como na história, determinar quem usaria a bicicleta.
Roda pedaleira (pp. 6 e 13): roda dentada em que se encaixam os pedais de máquinas a pedal.

© 1992 Lídia Jorge
Publicado por acordo com Publicações Dom Quixote

editora Renata Farhat Borges
editora assistente Lilian Scutti
consultoria e glossário Susana Ventura
revisão Thais Rimkus

Dados Internacionais de Catalogação na Publicação (CIP)
Angélica Ilacqua CRB-8/7057

Jorge, Lídia, 1946–
　　A instrumentalina/Lídia Jorge; ilustrações de Anna Cunha. – São Paulo: Peirópolis, 2016.
　　48 p.: il., color.

ISBN: 978-85-7596-372-2

1. Literatura infantojuvenil 2. Literatura portuguesa 3. Infância 4. Memória 5. Liberdade I. Título II. Cunha, Anna

16-0350　　　　　　　　　　　　　　　　　　　　　CDD 028.5

Índice para catálogo sistemático:
　1. Literatura infantojuvenil

Editado conforme o Acordo Ortográfico da Língua Portuguesa de 1990.
1ª edição brasileira, 2016

Editora Peirópolis Ltda. | Rua Girassol, 310f | Vila Madalena | 05433-000 | São Paulo/SP
Tel.: (11) 3816-0699 | vendas@editorapeiropolis.com.br | www.editorapeiropolis.com.br

MISSÃO

Contribuir para a construção de um mundo mais solidário, justo e harmônico, publicando literatura que ofereça novas perspectivas para a compreensão do ser humano e do seu papel no planeta.

A gente publica o que gosta de ler:
livros que transformam.